글벗시선149 신복록의 두 번째 시집

그리움을 안고 산다

신복록 지음

도서출판 글벗

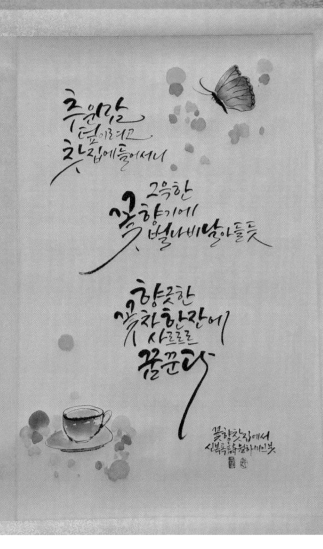

후일담
떠오르고
찻집에들어서니

그윽한
꽃향기에
별나비날아들듯

향긋한
꽃차한잔에
사르르
꿈꾼다

꽃향찻집에서
신복주詩書화가이신붓

시집을 출간하며

주소조차 알 수 없는
먼 곳으로 이사 떠난
부모 형제 그리움에
헛헛해진 가슴 속은

목마름의 갈증 되어
얼음물도 마셔보고
장대비에 젖어봤지
되돌아본 고된 삶이

기쁨들도 추억이고
상처들도 추억되니
힘겨울 때 한 줄 두 줄
회상하며 웃음 띠고
눈물짓네. 세상살이

좋은 것만 마음 담아
살 수 없지 아니한가

그러기에 지난 세월
그리움을 안고 산다

(회갑 때 여행 가자던 약속 저버리고 먼 곳으로 이사
떠난 오빠, 언니 3남매는 왜 생일을 꼭 챙기려 했는지
그 응어리를 알고 계시지요. 두 분의 몫까지 잘 챙겨
먹을게요)
 시집 2집을 내기까지 힘이 되어 응원해주신 사랑하는
김형옥, 유미자, 박미경, 최윤아 님께 진심으로 감사드
립니다.

2021년 7월

차 례

제2부 고향 친구

제3부 홀로 걷는 길

제4부 만리포의 추억

제5부 청포 해변에서

10_그리움을 안고 산다

제1부

아버지의 고향

인사

설렘의 기쁨 안고
고향길 찾아드니
동해의 푸른 파도
밀려와 반겨주네
비릿한 바다 내음은
아버지의 향기네

외롭고 쓸쓸할 때
울면서 찾던 곳이
희망 글 심었더니
웃음꽃 피어나네
아버지 푸근한 얼굴
그리움에 젖는다

글벗시선 106

글벗시선 106

신복록의 첫 번째 시집

그대에게 가는 길

신복록 지음

그대에게 가는 길

신복록 지음

도서출판 글벗

도서출판 글벗

첫 시집

한 줄이 아픔이고
한 편에 눈물 담아
마음의 글을 지어
감자의 이름 석자
첫 시집 보듬고 보니
울컥하는 이 마음

지나온 희로애락
기억이 스쳐 가니
두 눈에 방울방울
주르르 떨어지니
오늘은 조금 울어도
행복 눈물 이여라

감자떡

빗소리 주룩주룩
산골에 내리는 날
감자떡 조물조물
송편을 빚어본다
붉은빛 강낭콩 넣은
쫄깃쫄깃 고향 맛

여인들 도란도란
웃음꽃 피어나고
그 옛날 즐겨 먹던
향수를 다시 찾네
구수한 추억의 맛이
몽실몽실 익는다

비상

봄날에 여린 새싹
살포시 돋아올라
긴 장마 태풍에도
꿋꿋이 견뎌내고
바람의 초록 치마를
남실남실 흔든다

가녀린 넝쿨 줄기
하늘만 바라보며
누구를 만나려고
쉼 없이 오르는지
한 마리 희망 새되어
비상하길 꿈꾼다

늦은 밤

내 어찌 마음 잃고
골목길 배회하니
밤하늘 붉은 달은
밝기도 하건마는
풀숲에 귀뚜라미는
슬피 울고 있구나

가로등 불빛 아래
그림자 서성이고
그 무슨 시름 있어
늦은 밤 헤매는가
애절한 풀벌레 소리
이내 마음 같구나

20_그리움을 안고 산다

아버지의 고향

비바람 맞아가며
긴 세월 기다렸네
철마는 북쪽으로
달리고 싶은 마음
그 누가 가로 막았나
덩그러니 서 있다

철조망 녹슨 철길
그 언제 사라지나
뻥 뚫린 평양 길을
꼭 한번 가고 싶네
내 생의 아버지 고향
언제 한번 가려나

두고 온 부모 형제
그리워 한숨짓고
명절날 술잔 속에
눈물로 지낸 세월
생이별 북녘 가족들
한이 맺힌 실향민

22_그리움을 안고 산다

북한강

처량한 가을바람
얼굴에 스쳐 가니
아침의 강변길은
맑고도 상큼하네
물안개 피어오르며
너울너울 춤춘다

하늘에 철새들은
여행길 떠나가고
이슬에 반짝이는
들꽃의 고운 자태
북한강 가을풍경이
한 폭 그림 수놓네

24_그리움을 안고 산다

산수유

봄날에 노란 꽃잎
곱게도 피어나니
푸름의 작은 열매
알알이 대롱대롱
시월의 오색 물결에
익어가는 산수유

이슬이 내려앉아
나뭇잎 떨어져도
고운 빛 보석들이
발그레 물들었네
갈바람 흔들어대니
반짝반짝 빛난다

26_그리움을 안고 산다

호수

아침의
산자락에
흰 구름 머무르니

호숫가
맑은 물에
가을이 내려앉아

한 폭의
고운 풍경을
덧칠하고 있구나

기다림

스산한 바람 부는
오후의 개천가에
쓸쓸한 새 한 마리
그 모습 처연하다
떠난 임 찾아오려나
기다림이 외롭다

행여나 찾아올까
애타게 기다리니
그 임은 오지 않고
외로움 서글퍼라
서산 해 노을이 지면
날아가리 임 찾아

30_그리움을 안고 산다

술 한 잔

어둠이 내려앉은
해변의 백사장에
파도는 일렁이며
가슴속 파고들어
외로움 끌어안으니
젖어든다. 슬픔이

쓸쓸히 혼자 찾은
아버지 기일 날에
먼저 간 형제들이
야속해 한숨짓네
조촐한 아버지 술상
술 한 잔을 올려요

오시여 잠시 쉬며
목마름 축이세요
든든히 잡수시고
꽃마차 타셔야죠
아버지 너무 그리워
속 울음을 삼킨다

겨울 바다

빗방울 보드랍게
스치듯 지나가고
백사장 젊은 청춘
소소한 불꽃놀이
옥색 빛 잔잔한 파도
아름다운 밤바다

따뜻한 겨울 바다
바람도 잠이 들고
연인들 알콩달콩
속삭임 도란도란
이정표 등대 불빛만
깜빡이는 겨울밤

심퉁이

못났다 괄시 마소
이래도 별미라오
뽀얀 알 오독오독
숙회는 보드랍네
숙취에 인기가 있죠
김치찌개 심퉁이

보기는 흉하지만
제사상 오른다오
마른 몸 푹푹 찌면
식감이 쫄깃쫄깃
버릴 게 하나도 없네
향수 어린 고향 맛

34_그리움을 안고 산다

조개껍데기

파도가
철썩이는
모래밭 조개껍데기

그리운
임을 찾아
파도를 타고 왔나

텅 비운 빈 껍데기만
덩그러니 남았네

검불

바닷가 해송 숲길
사부작 거닐다가
어릴 적 땔감 하던
소나무 검 부재기
솔가지 깍재이 되어
추억 속을 긁는다

중년의 여인들은
동심의 아이 되어
짓궂게 장난치니
웃음꽃 피어나네
그 옛날 즐겁던 기억
정겨움이 스민다

죽마고우(竹馬故友)

고향길 찾아들면
언제나 그러하듯
정성의 집밥 한 상
친정집 온 듯 하네
따뜻한 그녀의 마음
고마워라 정 나눔

아버지 기일 되면
오징어 손수 말려
언제나 동행해 준
사랑의 죽마고우
고운 맘 벗이 있기에
외롭지가 않구나

너의 미소

어제는 울었으니
오늘은 웃어보자
하얀 별 반짝이는
호숫가 목화 설꽃
정겨운 보드득 소리
걷는 길이 즐겁다

흰 설이 소복소복
한적한 눈밭에서
동심의 마음 되어
눈 뭉쳐 던져보네
이 순간 행복이어라
너의 미소 예쁘다

명자나무

명자꽃 명자나무
가을날 너와 인연
고운 꽃 만났건만
무엇이 그리 급해
여린 잎 삐죽 내밀고
돋아나려 하느냐

봄이란 이름 하나
아직은 착각이야
차가운 꽃샘추위
떠나지 않았단다
조금 더 늦게 핀다고
그 누구가 뭐랄까

우수도 아직이고
겨울이 앙탈 대니
작은 잎 꽃나무야
조금 더 참고 있다
훈풍이 불어올 때면
붉은 꽃들 피어라

황태

명태가 줄에 꿰여
일렬로 대롱대롱
매서운 동장군에
얼었다 녹아지니
어느새 나도 모르게
황태 되어 있구나

바람은 야속하게
텅 빈 속 들락날락
마른 몸 꾸덕꾸덕
노란빛 스며드니
구수한 진국이 되어
밥상 위에 오른다

42_그리움을 안고 산다

느티나무

한적한 산사에는
화사한 고운 꽃등
저 멀리 찾아오는
새싹들 맞이하려
붉은 등 환히 밝히고
오는 봄을 반기네

오백 년 느티나무
헐벗어 쓸쓸하니
봄날이 찾아들어
푸른 잎 파릇파릇
산새들 쉬어가라며
보금자리 내준다

참나리

신북록

어느날
찾아들어
살포시피어나더
꽃송이
치켜들고
담보며미소짓네
하사함곱다고꾸리~
여름날의
참나리
며칠째
겹친덮이
꽃말도몰라구나
꽃깨에
주근깨가
귀엽고매겼었네
새색주어여쁘구나
꽃이여서
고맙다~

사진출처: 호산 나일환

Kimyoungsub

copyright by kimyoungsub

44_그리움을 안고 산다

제2부

고향 친구

46_그리움을 안고 산다

그녀에게 가는 길

하뱃재 굽이굽이
고갯길 넘어가면
산기슭 비포장 길
덜커덩 들썩들썩
맑은 물 시냇가 건너
그녀 집이 보인다

한적한 산속의 집
돌순이 꼬리치고
오미자 붉디붉게
알알이 익어가니
산새들 반가운 인사
고운 노래 부른다

고향 친구

언제나 찾아가면
살갑게 반겨주는
고향의 친구라는
우정이 있었기에
푸근한 정겨움 속에
웃음 되어 즐겁다

장작불 피워놓고
술 한 잔 나누면서
반가운 이야기꽃
행복한 순간 되니
가을밤 밝은 보름달
추억되어 빛난다

봄소식

얕은 산모퉁이에
잔설이 남아있고
찬바람 싸늘한데
땅 위에 꼬물꼬물
겨울을 견디어내고
돋아났네 봄들이

꽃다지 작은 얼굴
수줍게 피어나고
냉이는 새초롬히
하얀 꽃 간들대니
산속도 봄이 왔다며
춤사위를 벌인다

50_그리움을 안고 산다

봄을 캐다

강산이 몇 번이나
보낸 후 캐어보는
들녘의 냉이나물
감회가 새롭구나
이렇게 정겨운 것을
세월 속에 묻혔네

어릴 적 생각나서
콧노래 싱글벙글
한 뿌리 또한 뿌리
재미가 절로 나네
한 움큼 된장국 끓여
봄의 향기 담는다

52_그리움을 안고 산다

고깃배

새벽녘 통통배는
항구를 떠나가고
아낙은 뱃머리서
어부를 기다리니
여명의 붉은빛 따라
고깃배가 보인다

파도가 출렁이는
바다를 헤치고서
돌아온 배 안에는
고기가 팔딱이니
아침의 어판장에는
활기 가득 넘친다

봄의 겨울

설악의 목우잿길
흰 설이 내려앉아
순백의 겨울 나라
눈 동산 되었건만
춘설에 봉긋 피어난
진달래가 곱구나

눈송이 소복소복
나무에 꽃 피우고
눈부신 눈꽃 세상
하얀 별 반짝반짝
눈길의 뽀드득 소리
봄의 겨울 머문다

산길에서

찾아온 봄바람은
나무의 가지마다
흔적을 남겼는지
움 틔워 몽글몽글
작은 뿔 돋아 오르며
꽃 피우려 하누나

얕은 산 작은 폭포
두꺼운 얼음 옷이
봄볕에 녹아들며
눈물을 주룩주룩
청량한 맑은 물소리
봄노래를 부른다

양지쪽 들꽃들도
수줍게 방긋대니
이 멋진 자연 속의
풋풋한 풍경들을
호젓한 오솔길에서
내 마음에 담는다

이벤트

오래된 믿음으로
다져진 고운 인연
동행의 벗이 되어
소박한 여행길은
얼굴에 밝은 미소가
꽃이 되어 피었네

그대들 사랑담아
작은 맘 정성으로
이벤트 깜짝 쇼에
큰 감동 되었으면
백 년도 못사는 인생
이 순간을 즐겁게

몽돌해변

둘이서 함께 걷던
주전의 해변에는
몽돌의 노랫소리
지금도 그대론데
나 홀로 찾아왔구나
그 사람이 떠난 곳

파도는 일렁이며
몽돌을 잠 깨우니
좌르르 음률 되어
귓가에 스며드네
임 없는 쓸쓸한 바다
그리움만 젖는다

일출

황금빛
눈부심이
바다에 떠오르니

파도는
몽돌들을
보듬고 밀려오네

창가의
붉은 일출이
풍경 되어 물든다

달래와 나리

연분홍 치맛자락
바람에 하늘대니
분홍빛 립스틱을
예쁘게 덧칠하고
꽃나비 찾아오라며
봄의 얼굴 내민다

개나리 뒤질세라
샛노란 옷을 입고
진달래 손을 잡고
봄 마실 나왔으니
산새들 합창을 하며
장단 맞춰 주구나

추억 길

새우깡 한 봉다리
우르르 날아올라
노래를 끼륵대니
지금이 즐거워라
해맑은 아이가 되어
추억 길에 머문다

하늘의 갈매기도
장단을 맞춰주니
소녀가 되어버린
즐거운 웃음소리
이 순간 젊은 날 되어
기억 속에 채운다

참새의 봄날

햇살이 따사로운
뜨락의 담장 위에
한 마리 또한 마리
참새 떼 날아들어
봄바람 속삭임 속에
재잘재잘 떠든다

개나리 한두 송이
수줍게 피어나니
꽃들의 싱그러움
저리도 신이 날까
봄봄봄 짹짹거리며
제 세상을 만났네

주상절리

드넓은 동해 바다
비바람 모진 풍파
오롯이 견뎌내고
풍경을 자아내니
펼쳐진 부채꽃 모양
주상절리 바위여

새들도 내려앉아
쉬었다 떠나라고
따뜻한 품이 되어
안식처 되어주니
윤슬에 웅장한 자태
신비롭다 그 모습

목련

봄날의 싱그러움
나무의 가지 끝에
화사한 꽃송이가
실바람 불어오니
순백의 웨딩드레스
하늘하늘 춤춘다

두꺼운 껍질 속에
솜털을 벗어내고
한 뼘 더 따사로운
봄볕에 깨어나는
자줏빛 꽃봉오리가
단아하다 목련꽃

태화강

태화강 십리 대밭
울창한 숲길에는
푸름의 댓잎 소리
운치를 더해주고
강가의 빛나는 윤슬
추억한 줄 담는다

우거진 대나무 숲
한적한 곳을 찾아
어릴 적 즐겨 놀던
얼음 땡 재연하네
다 같이 가위바위보
웃음소리 신난다

봄날은

산과 들 뜨락에는
연둣빛 푸릇푸릇
골목길 담장에는
움 틔운 꽃봉오리
봄날은 분주하구나
피울 꽃이 많아서

새들도 짝을 만나
사랑을 속삭이고
상큼한 봄바람에
꽃내음 그윽하니
화사한 축제가 되어
꽃동산을 수놓네

하얀 들꽃

얕은 산 오솔길에
산바람 달콤하고
돋아난 풀 잎 속에
하얀 별 초롱초롱
가녀린 흰 꽃송이가
새초롬히 피었네

허리를 낮추고서
가만히 바라보니
살포시 낙엽 이불
비집고 피어있는
너 또한 꽃이였구나
하얀 들꽃 예뻐라

하늘정원

깊은 산 돌고 돌아
산속의 언덕길에
마지막 자리 잡은
눈물의 하늘정원
애달픈 가슴 달래며
이제서야 찾는다

아련한 추억 속에
그리움 스며드니
떠나간 그 사람이
잘가라 배웅하듯
순백의 하얀 목련이
이내 마음 달랜다

꽃등

낮에는 꽃이 피어
감동의 미소 주고
밤에는 별빛 속에
밝은 빛 꽃등 켜니
초목은 꽃동산 되어
봄의 풍경 물든다

꽃송이 살랑대니
벌 나비 날아들고
향기에 취해버려
꽃들과 정분나니
신록의 싱그러움에
아름다운 봄날들

제3부

홀로 걷는 길

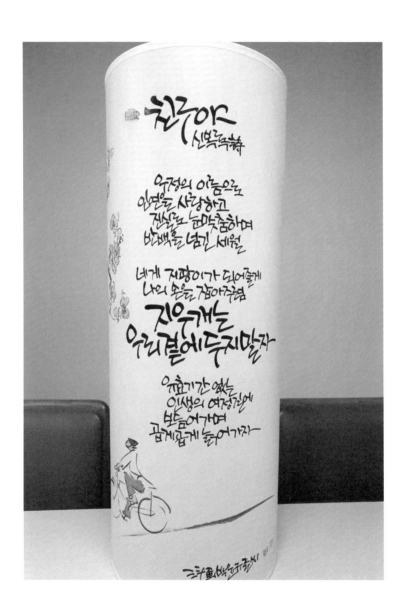

72_그리움을 안고 산다

그 사람

살며시 기쁨으로
네게로 다가와서
행복한 사랑으로
웃음을 주던 사람
이별의 슬픔 남기고
먼 곳 길을 떠난 임

그 사람 떠났지만
사랑이 남았기에
밤하늘 달빛 속에
추억을 숨겨 놓고
그리워 눈물이 나면
꺼내 보는 애절함

74_그리움을 안고 산다

바람

둥근달
바라보며
내 작은 소망 담아

한 장의
마음 엽서
하늘에 띄워본다

힘겨운
몸과 마음에
힘을 실어 달라고

눈 모자

흰 눈이
소복소복
산속에 내려앉아

뜨락의
장독대도
눈 모자 쓰고 있네

똘순이
신바람 나서
천방지축 뛰논다

산책

한낮의
햇살 담고
뒷산을 오르는 길

정자에
걸터앉아
자연의 풍경 보며

향긋한
커피 한 잔에
나를 찾는 여유를

동장군

에일 듯
시린 두 귀
손발은 꽁꽁 얼고

흰 구름
입가에서
춤추듯 뿜어내니

동장군
얼어붙은 길
거북 걸음 걷는다

홀로 걷는 길

파도가
일렁이는
쓸쓸한 바닷가를

넋 잃고
바라보니
바람은 훈풍일세

백사장
홀로 걷는 길
외롭지가 않구나

82_그리움을 안고 산다

풍경

고향의
붉은 일출
윤슬에 빛이 나고

청초호
금빛 노을
환상의 아름다움

풍경을
고이 담아서
마음속에 채운다

비움

마음이 흩어지면
산과 들 거닐어요
색색의 고운 꽃들
화사함 주잖아요
연둣빛 싱그러움에
청량함을 마셔요

가녀린 들꽃 보니
맑아진 마음속은
비움이 자리 잡아
희망이 스며들죠
남은 삶 여정 길에는
웃어가며 살래요

갈매기

동해의 붉은 일출
찬란히 떠오르면
하늘을 비행하는
갈매기 힘찬 모습
바다를 높낮이 하며
물고기를 찾는다

산등성 끝자락에
노을빛 스며들면
하루의 고단함에
청초호 자리 잡고
또다시 내일을 위해
날개깃을 접는다

나의 길

아픔이 두려워서
사랑을 보냈건만
숨겨둔 추억마저
지우지 못했구나
어느새 가슴 한편에
그리움이 스민다

세월은 아린 상처
가끔씩 들춰내며
초심을 잃을까 봐
뒤돌아보라 하니
올곧게 마음 다잡고
나의 길을 가리라

긴 우정

언제나 응원하며
묵묵히 지켜주는
소중한 마음 보석
사랑의 울타리죠
너와 나 남은 인생길
웃으면서 사세나

친구란 이름 하나
무엇이 부러우랴
꽃길은 아니어도
우정 길 함께하며
황혼녘 희미해져도
우리 두 손 꼭 잡자

긴 우정(3)
신복록

언제나 응원하며
묵묵히 지켜주는
소중한 마음 보석
사랑의 울타리네
남은 삶 여정에서도
웃으면서 사세나

친구란 이름 두자
무엇이 부러우랴
꽃길은 아니어도
우정 길 함께하며
황혼녘 희미해져도
우리 두 손 꼭 잡자

갈대

가을이 남아있는
호숫가 갈대들은
긴 허리 흔들대니
보드란 하얀 솜털
머리를 풀어 헤치며
이별 길을 떠난다

빛나던 은빛 물결
저 멀리 날아가니
메마른 긴 줄기는
겨울을 채우듯이
바람에 서걱거리며
쓸쓸함을 부른다

숲길에는

가을이 남겨 놓은
오솔길 숲속에는
펼쳐진 낙엽 이불
갈잎 향 사각사각
바람에 추억 안고서
그렇게 또 떠난다

들풀에 맷혀있는
영롱한 서리 방울
햇살에 흩어지니
꽃피던 인연들은
풀숲에 몸을 누이며
기다린다 새봄을

90_그리움을 안고 산다

싸리나무 빗자루

산길에 피어있는
꽃송이 바라보니
유년의 기억 하나
아련히 떠오르네
보랏빛 싸리나무꽃
추억한 줄 꺼낸다

지게에 나무 한 짐
응달에 말리더니
가지런히 줄 맞추어
꼼꼼히 튼튼하게
아버지 마술 손으로
뚝딱뚝딱 만든다

베어 논 댑싸리도
예쁘게 쓱싹쓱싹
마당에 빗질하면
풍경화 그려지죠
행복한 그 시절 속의
싸리나무 빗자루

산사

산사의
풍경소리
덩그렁 들려오니

법당에
촛불 켜고
두 손을 합창하네

가신 임
그리워하며
기도하는 이 마음

94_그리움을 안고 산다

동심

눈 쌓인 오르막길
옛 추억 생각이 나
나이는 숫자라네
동심이 되어 간다
은박지 깔고 앉아서
두 여인은 신났다

어릴 적 한 번쯤은
즐겁게 놀던 기억
하얀 밭 설원에서
뒹굴며 장난했지
그 시절 회상해 본다
다시 못 올 그 시간

옛 추억

동무야 생각나니
봄 소풍 가던 길에
뒷동산 진달래가
만개해 화사했지
꽃송이 머리에 꽂고
깔깔대며 웃었지

해맑게 웃어 주던
친구는 어디 갔나
흘러간 세월 속에
그때가 그립구나
어디에 살고 있는지
생각날까 옛 추억

인복

심성이 너무 고와
꽃처럼 아름답네
진실함 변함없이
십 년의 넘은 세월
마음 정 서로 나누니
감사하고 기쁘다

남남이 이웃 되어
끈끈한 진한 사랑
이 또한 나의 인복
행복한 사람이네
착하디착한 그녀가
보석보다 귀하다

작은 마음

빗줄기 또록또록
옷섶을 적시던 날
뜨락의 도라지꽃
꽃잎을 채취하여
보랏빛 술을 빚으니
그녀 얼굴 스친다

도라지 고운 꽃잎
은은히 배어드니
마음의 작은 선물
기쁘게 받아줄까
약속이 설렘을 주네
기다리는 그 미소

하얀 나방

장대비 내리는 밤
마당의 귀퉁이에
나방은 날갯죽지
빗물에 흠뻑 젖어
날으려 애를 쓰건만
일어나지 못하네

폭우는 쏟아지고
어둠 속 하얀 나방
자꾸만 퍼득이니
보는 이 안타깝네
비 개인 아침이 오면
날아가렴 힘차게

100_그리움을 안고 산다

제4부

만리포의 추억

화학산

화학산 굽이굽이
고갯길 돌고 돌아
멀고 먼 삼일계곡
맑은 물 넘쳐나니
자연의 아름다움이
무릉도원이구나

일상의 무거운 짐
오늘은 내려놓고
싱그런 풀 내음이
마음을 채워주니
평온한 여유로움에
이 순간을 즐기세

숲속의 산바람에
초록빛 청량하고
송어 떼 물속에서
유유히 헤엄치네
폭포에 두 발 담그니
부러움이 없구나

꽃물

봉선화 붉은 꽃잎
꽃송이 채취하여
가족들 옹기종기
고운 빛 물들이네
아이들 예쁜 손보며
싱글벙글 좋아라

첫눈이 올 때까지
꽃물이 남았으면
첫사랑 만나는지
손주는 궁금하네
할머니 난처하네요
어찌 답을 할까요

예쁜 카페

청대산 산기슭에
아담한 예쁜 카페
귀여운 아기 염소
졸졸졸 따라오고
무화과 발그레 얼굴
탐스럽게 익는다

알토란 밤송이가
알알이 입 벌리고
시냇물 졸졸 소리
산 내음 싱그럽다
숲속의 풀벌레 소리
깊어가는 가을밤

물회

해 질 녘 방파제 길
한적한 곳을 찾아
돗자리 깔아 놓고
만찬을 즐겨본다
시원한 물회 한 그릇
잊지 못할 고향 맛

비릿한 짠 내음이
코끝을 스쳐가고
정겨운 우정들과
옛 추억 도란도란
밤바다 바람 불어와
살짝 와서 엿듣네

108_그리움을 안고 산다

민들레

민들레 질긴 생명
척박한 땅 위에서
가녀린 작은 잎에
노랗게 꽃 피더니
꽃잎 진 그 자리에는
백발 되어 서있네

보드란 솜털 씨앗
바람에 흩어지니
훨훨훨 날아가며
허공에 부르짖네
다시 또 돌아오리라
말 한마디 남긴다

들녘 길

흰 구름 몽실몽실
유량길 떠나가고
산과 들 고운 빛깔
화려한 옷을 입네
보드란 갈바람 따라
걸어보는 들녘 길

시냇가 징검다리
살포시 폴짝대고
황금빛 물결들이
흥겨운 춤을 추니
자연의 예쁜 풍경을
기억 속에 담는다

기적

불편한 몸 지니고
태어난 운명의 길
험난한 가시밭길
머나먼 타향에서
얼마나 외로웠을까
그 아픔을 견디며

용이야 눈을 뜨렴
훌훌 털고 일어나자
눈물로 잠 못 들고
애타게 기다린 맘
누나를 생각하려 마
애틋한 그 마음을

누나가 엄마 되어
살아온 오십여 년
가슴에 숯덩이가
까맣게 물들었네
기적을 꿈꾸는 소망
두 손 모아 기도를

112_그리움을 안고 산다

가로등

어둠의 등불 되어
하나둘 불 밝히고
발자국 숱한 사연
묵묵히 지켜보며
사계절 비바람에도
그 자리를 지킨다

밤새워 든든하게
환한 빛 내어주고
아침이 밝아오면
가로등 불 꺼지니
스르르 잠 속에 빠져
기다린다. 해 질 녘

쑥개떡

창밖의 또록또록
경쾌한 음률 소리
빗소리 벗을 삼아
봄 향기 조물조물
한 조각 또한 조각씩
쑥개떡을 빚는다

유년의 기억 속에
향수가 그리워져
손수 캐 만들어본
동그란 초록 빛깔
아련한 추억 하나가
가슴속에 스민다

코끝에 전해오는
그윽한 쑥 내음은
어느 임 품에 안겨
봄맛을 느끼려나
미소를 생각하면서
작은 마음 전하리

유월의 꽃밭

산뜻한 맑은 하늘
싱그런 바람결에
유월의 꽃밭에는
채색된 꽃송이들
한 폭의 수채화 되어
꽃의 무대 펼친다

한낮의 햇살 아래
화려한 꽃의 축제
여름의 고운 꽃들
꿀물이 넘쳐나니
벌 나비 목마름 찾아
분주하게 오간다

만리포의 추억

해당화 흐드러진
드넓은 쪽빛 바다
파도는 잔잔하니
물결은 남실남실
모래알 발가락 사이
간지럼을 태운다

맑은 물 찰랑찰랑
옷섶을 적시우고
모래를 토닥토닥
해맑은 웃음소리
너라서 마냥 좋아라
이 순간이 즐겁다

똑딱선 기적소리
들리지 않았지만
보드란 금빛 밭에
너와 나 소꿉놀이
만리포 해변가에서
예쁜 추억 담는다

120_그리움을 안고 산다

삶

지나온 삶의 길에
마음의 무거운 짐
하나 둘 내려놓고
한숨을 돌렸건만
아직도 가슴 한편에
돌덩이가 남았네

어둠의 터널 속을
지난 줄 알았건만
산 넘어 험한 길이
버티고 서있으니
다시 또 힘을 내보리
평탄한 길 찾아서

어부의 딸

드넓은 고향 바다
어둠이 짙어지면
고깃배 집어등을
환하게 불 밝히고
밤새워 잠과 싸우며
오징어를 잡는다

낚시를 던져놓고
물레를 빙빙 돌려
한 두름 또한 두름
만선의 기쁨 되니
동녘의 여명이 뜨면
항구 찾아 달린다

저 멀리 앞바다에
불빛을 바라보니
아버지 고기 잡던
그 시절 아련하네
아침에 항구로 나가
기다리던 어린 딸

124_그리움을 안고 산다

병아리 소리

겨울날 조류독감
찾아든 아픔 속에
가축들 이십만 수
떠나간 하루 사이
모두가 허탈함 속에
넋을 잃고 말았지

적막만 흐르던 곳
육 개월 시간 지나
새 식구 맞을 준비
사람들 분주하니
저 멀리 새벽길 뚫고
찾아오네 기쁨이

사료통 돌아가고
일터는 시끌벅적
두리번 낯선 환경
호기심 앙증맞네
귀여운 병아리 소리
활기 가득 넘친다

126_그리움을 안고 산다

무지개

운무가 내려앉은
설악의 산자락에
자연의 화가들이
고운 빛 수놓으니
무지개 풍경화 되어
한 점 그림 펼치네

비 개인 동해바다
옥색 빛 덧칠하니
잔잔한 물결 위에
사람들 파도타기
한 마리 돌고래 되어
사뿐사뿐 춤춘다

하루의 일상

하루의 일상들이
삶 속의 주제 되어
단편을 모아 모아
두꺼운 책을 엮듯
인생은 소설이 되어
페이지가 쌓인다

노동의 힘겨움에
가끔은 무너지니
이 또한 감사하다
마음을 토닥이네
내일은 알 수 없기에
오늘 무대 최선을

130_그리움을 안고 산다

아침의 봉선사

가랑비 보슬보슬
풀숲을 적시 우고
아침의 봉선사 길
습지의 연잎들이
한 뼘 더 훌쩍 자라서
풍성함을 펼친다

두툼한 접시 위에
영롱한 물방울이
또르르 시소놀이
은구슬 굴러가니
물 위에 소금쟁이는
소리 없이 걷는다

금강굴

천 리 길 낭떠러지
절벽에 자리 잡은
금강굴 작은 암자
오르고 또 오르니
자연의 경이로움이
우뚝 솟아 있구나

봉우리 곳곳마다
색채를 덧칠하니
설악의 신비로움
환상의 맑은 계곡
구름도 비경에 취해
잠시 쉬어 가누나

우물

고향은 마을 곳곳
옛 정취 간데없고
오래된 우물 하나
겉모습 변했지만
흐르는 세월 속에도
그 자리를 지킨다

두레박 물을 퍼서
양동이 찰랑찰랑
새색시 사뿐 걸음
옷섶을 적시었지
유년의 추억 떠올라
입가에는 미소가

온 동네 여인들의
대소사 수다 소리
할머니 아주머니
사랑방 정겨웠지
아련한 그리움 되어
기억 속에 스친다

장미

오월의 계절 따라
찾아온 아름다움
겹겹이 입은 치마
매혹의 향기 품고
정열의 붉은빛으로
고운 자태 뽐낸다

풍성한 꽃잎 송이
우아한 미소 띠며
뭇사람 유혹하니
넋 잃고 바라보네
여름날 아침 길목에
상큼하다 장미꽃

제5부

청포 해변에서

망초꽃

맑은 바람 맑은 향기
산자락의 오솔길에

황무지 밭 꽃 봉우리
자연 속에 어우러져

꽃동산을 펼쳐놓네
아침햇살 반짝이니

하얀 물결 산들산들
소박하니 곱디곱다

아름다운 망초 꽃에
이내 마음 빼앗긴다

하룻길

이른 새벽 눈을 뜨니
감사하고 행복이다

하룻길을 나선 걸음
희망으로 기쁨 담네

서산 해가 저물 때면
무거운 몸 터벅터벅

오늘이란 일상들이
나의 삶에 채워진다

어둠이란 노곤함을
이불 속에 풀어놓고

내일이란 밝은 햇살
다시 나설 채비한다

겨울밤

따뜻한 커피 한 잔
손의 열기를 품고
가로등 불빛 따라
걸어보는 호숫길

계절에 떠나버린
우아한 연꽃은
대궁만 남긴 채
깊은 늪 속에 누워
긴 잠을 잔다

등 뒤로 말없이
따라오는 그림자
하나 겨울밤을
동행하고

언제라도 갈 수 있는
그곳에 어둠 속에
마음 하나 살포시
내려놓고 왔다

140_그리움을 안고 산다

장마

장대비가
우산 위로
두툭 또록또록
리듬 타며 흐른다

빗방울에 바짓단은
축축하게 젖어드니
둘둘 말아 걷어 올린다

장맛비는 오고 가는
이들에게 형형색색
둥근 지붕 하나씩
씌워 주며 주룩주룩
내리고 있다

양미리와 도루묵

마음이 헛헛하여
달려간 고향에는
환한 미소 지으며
반겨주는 친구들

장작에 불 피우며
매운 연기 눈물 콧물
훌쩍이며 고향의 맛
노릇노릇 구워준다

겨울바람 스산한데
밤바다 동행하며
도란도란 이야기꽃
따뜻함이 스며들고

켜켜이 추억담아
돌아오는 발걸음은
벗이어서 좋아라
벗이 있어 좋아라

144_그리움을 안고 산다

그리움을 안고 산다

오신다던 우리 엄마
안 오시네. 안 오시네

밝디밝은 보름달에
귀뚜라미 슬피 우는
신작로길 정류장에
온종일 기다려도

달력에다 동그라미
서른 번을 그렸는데
안 오시네. 안 오셨네

어린 시절 기다림이
반백이 넘은 세월에
지금도 울컥해지며
가슴 속이 아파 온다

잊지 못할 기다림에
그리움을 안고 산다

나의 놀이터

갈바람 불어대니
나뭇가지 끝자락에
매달린 낙엽 한 잎

바람은 한 잎마저
툭 건드려 떨구니
떨어진 은행잎은
제멋대로 뒹굴뒹굴

샛노란 낙엽 꽃길을
만들어 주고 있다

헐벗은 나무에는
쓸쓸함이 묻어나고
추운 겨울 견뎌내어

봄날에 여린 잎이
푸릇푸릇 돋아 올라
나만의 놀이터에
고운 빛깔 색칠하렴

구름 꽃

물감을 풀어 논듯
파랗게 물든 바다
파도는 일렁이며
하얀 포말을 펼치니
눈부시게 아름답다

바다를 품은
하늘에 목화솜이
뿌려졌나 몽실몽실
하얀 꽃구름들이
바다에 머물더니

새털처럼
살랑이며 바람 따라
여름 소풍을 떠나간다

148_그리움을 안고 산다

봄

봄이라는 계절 속에
형형색색 고운 꽃들
피어올라 꽃동산에
수채화가 그려지고

눈이라는 한 글자로
마음껏 바라보면서
기억이란 두 글자에
하루하루 담아주고

그리움이란 세 글자가
떠오르면 다시 꺼내 보며
행복 하려네

청포 해변에서

과거 속의 청춘들은
흰머리가 늘어가고
얼굴 주름 골이 패어
모습조차 변했구나

나이라는 숫자 하나
세월 따라 올라가니
지난날의 고된 잔고
하나하나 비워가며

남은 삶의 황혼 길은
들꽃처럼 은은하게
향기 품고 시나브로
곱게 곱게 늙어가자

해 질 녘의 청포 해변
백사장에 곱게 물든
노을빛을 바라보며
작은 바람 빌어본다

길동무

우리 길동무 되어
가을 모퉁이에 파란
하늘 갈바람 불어오는
한적한 길을 같이
느림으로 걸어볼래요

풍성하게 한 상
차려지는 들녘 곡간이
탐스럽게 익어가는
자연의 풍경들을

한 점 한 점
마음의 눈 속에
담으며 가을볕이
온몸을 쏘아주는
가을 길을 거닐어 볼래요

시월에

시월에 갈바람은
마음을 툭툭 건들며
어디론가 훌쩍
떠나보라 부추긴다

화려한 물결들이
남실대는 고운 빛깔
한잎 두잎 가을
향기를 담으라고

갈잎 한 장
주워들고 아련한 추억
한 줄 꺼내어 한 소절
가을 노래에 감성을
가을볕에 젖어보라고

효자손

가렵다고 긁어 달라
등을 내밀면 다 큰
아가씨가 쯧쯧
혀를 차시며

투박하고 거친
손으로 스담스담
긁어 주시던
엄마 같은 아버지

무뚝뚝하셔도
살갑고 따뜻함에
그렇게 딸은
어리광을 부렸는지도

그때의 행복이
그리움 되어 젖어들면
방 한편에 걸려있는
효자손을 만져본다

시래기

처마 끝에 기다란
푸른 무청은
맵시를 자랑하듯
나란히 폼을 잡고
옷걸이에 주렁주렁
매달려서

차가운
겨울바람에
갈색 옷 갈아입고
바스락 사그락
노래하며
시래기는 그네를 탄다

영금정의 일출

아침의 붉은
일출은 잠에
취한 몽롱한
정신을 깨우니

바라본 황금빛
황홀함에 짜릿한
전율이 흐른다

잔잔한 물결 위에
눈부신 윤슬의
마법에 걸려

감동의 발걸음은
영금정 정자의
일출 빛에 머물러 있다

소풍

문턱을 넘어선 봄은
꽃봉오리 피어나니
우정이란 두 글자로
봄 소풍을 나서보자

화사한 꽃을 만나면
눈 맞춤도 해보면서
도란도란 이야기꽃
턱 빠지게 깔깔대며

잠시나마 여유로움
웃음 영양 보충하세
아내도 엄마도 아닌
친구라도 울타리로

오늘 하루 행복이란
즐거움을 누리면서
꽃바람에 가득 채울
추억 길을 떠나보자

안부

곱디고운 예쁜 물결
수채화가 그려지는
가을이 곁에 와 있네요

그곳에도 고운
가을이 찾아왔나요

그대가 남기고 간
수많은 추억을
지울 수가 없기에
그리움이 찾아들면
다시금 꺼내 봅니다

그곳에선 행복한가요
아프지는 않은지요
잘 계시면 감사해요
그래야 마음이 편해지니까

아파하며 울지 않고
잘 살아갈 테니
지켜봐 주실래요

풀벌레 울어대는
가을밤 그대에게
안부를 전해봅니다

160_그리움을 안고 산다

개구쟁이

육십 줄에 여인들은
옷 젖는 게 대수더냐
바닷물에 뛰어들어
첨벙첨벙 발길질에

개구쟁이 따로 없네
깔깔 웃음 즐거우니
구경하던 갈매기도
시끄럽다 날아간다

미역 한 줄 뜯어먹고
백사장에 뛰어노니
청춘 세월 새록새록
이 순간이 행복이다

남은 인생 신명 나게
고운 마음 일치하여
건강하게 웃어가며
소담소담 살아가세

오미자

한겨울 땅속에서
새근새근 잠자더니
봄날에 앞다퉈
뾰족뾰족 돋아 올라

여름날 발그레
땀 흘리며 강단으로
맞서더니 가을님
오실 적에

붉은 입술 덧칠하고
흥부 가족 다산하여
고운 빛깔 열매송이
모두 내어주고

겨울 속으로
스르르 잠이 든다
달콤 상큼한
사랑처럼

탁배기 한 잔

탁배기 술 한 잔에
봄나물 장떡 부쳐
야생화 남실대는
뜨락에 자리 잡고
나 한 잔 자네도 한 잔
웃음꽃을 나눈다

세월 속 앞만 보며
살아온 삶의 길에
어느덧 반백 넘어
황혼길 접어드니
인생사 별 거 있는가
이 순간을 즐기세

술잔에 웃음 담고
수다를 안주 삼아
하루의 고단함을
훌훌훌 털어내며
이렇게 소소한 행복
누리면서 사세나

추억을 그리움으로 그린 시심

최 봉 희(시조시인, 평론가, 글벗 편집주간)

1. 시조를 쓰는 이유

시를 쓰는 이유는 무엇 때문일까? 어떤 사람은 아름다운 삶의 장식으로 시를 대면할 수도 있고 혹은 삶의 성찰과 깨우침에 따른 성장일 수도 있다. 또는 자신의 아픔을 토로하고 치유하는 수단일 수도 있다. 저마다의 창작의 목표는 다르다. 다만 분명한 것은 삶의 문제에 독특한 자기의 삶을 표현하려는 의도가 담겨있다.

가령 어떤 시인은 굴곡 없는 평탄한 삶을 살아온 경우가 있고 또는 수많은 고통의 늪을 헤쳐 온 생활에의 경험 등이 다양한 언어로 표현하기도 한다. 분명한 것은 전자와 후자의 표현은 각기 다른 감각을 동원한다. 시적 체험은 살아가는 현실과 상상력을 용해하고 변형하는 체험의 육화(肉化)의 과정을 거치기 때문이다.

신복록 시인은 부모님을 잃은 아픔과 가족에 대한 그

리움으로 생의 의미를 깊게 천착(穿鑿)했다. 이런 기저(基底) 위에서 그의 시적 감수성은 독특한 시적 에너지를 표출하고 있다. 고통은 인간을 단련시키고 사고의 폭을 넓힐 뿐만 아니라 숙성된 인간미를 지닐 수 있다. 따라서 시에서 체험과 상상의 결합은 곧 독특한 개성으로 문학의 빛을 수용하게 될 것이기 때문에 시인만의 정신의 가치를 획득하게 되는 것이다.

2. 시조의 맛과 향

시조는 우리 고유의 정형시로서 오랜 역사적인 줄기를 지니고 있다. 고려 중엽에서 나타나 지금까지 우리 겨레의 노래로 그 명맥을 이어온 시조는 3장 6구 45자 내외로 이루어지는 평시조가 기본이 된다. 4음보의 우리 시조는 종장의 음수율이 제1구는 3음절로 고정되며, 제2구는 5음절 이상이어야 한다. 이는 우리 시조의 시적 생동감을 주는 민족의 감수성을 담아온 그릇이다. 특별히 전통적인 삶의 애환과 한을 수용한 우리 정신의 그릇이기도 하다. 그렇다면 신라의 향가(鄕歌), 고려가요(高麗歌謠)나 경기체가(景幾體歌) 등 많은 문학의 형태가 형성과 몰락을 경험했으나 시조가 현대에서도 꾸준한 표현으로 자리 잡은 이유는 도대체 무엇 때문일까? 우리의 정서에 가장 합당한 운율과 성정(性情)의 표현에 적합하기 때문이다. 아울러 삶의 애환을 담은 멋과 맛이 곧 시조의 매력이자 한국문학 정신의 뿌리가 되고 있다.

그래서 시인은 자기 작품에 도전과 실험 정신을 가져야 한다. 천편일률의 고정된 사고의 틀을 벗어나 독창적이고 창의적인 시 세계를 구현해야 한다. 때로는 엄격한 정형의 틀 속에 자기의 생각을 담는 노력도 필요하다. 자유 정신의 깃발을 휘날리는 감수성의 실험은 결국 시의 정신을 풍부하게 할 수 있다.

이런 기준에서 신복록 시인은 끝없는 도전과 실험의 정신은 사뭇 존경할만하다. 그의 시조를 탐구하면 그리움의 정한(情恨)의 마음을 담은 고유한 시조의 영역에서 그만의 독특한 정서를 느낄 수 있다. 이제 그 깊이의 숭고함으로 다가서 보자.

신복록 시인은 2권의 시집을 상재(上宰)한 시인이다. 시인은 처음에는 시로 등단하였다. 하지만 지금은 시조를 사랑하면서 시조 창작에 매일매일 열정으로 참여하고 있다. 신 시인은 계간 『글벗』 제13호(2020년 여름호에 시조로 등단했다. 그의 도전과 실험의 시조인 「회상」, 「백작약」, 「작은 꽃밭」 등을 살펴보면 역시 그의 삶의 추억과 그리움이 녹아있다.

그러면 이번에 상재된 100편의 시와 시조를 살펴보자.

3. 봄의 정서와 이미지
1) 봄의 이미지와 시조

　시인은 자기 정신의 일정한 흐름이 있다. 다시 말해서 관심의 경우이거나 환경 혹은 의도적인 사고가 일방적으로 흐를 때나 일정한 형태를 보이면서 표현으로 나타날 때, 이를 개성의 현상으로 말할 수 있다. 가령 어느 한 시어의 빈도가 많은 횟수로 등장하면 시인의 정신에 일부가 표출되는 일이다. 이는 곧 시인의 창의적인 응집으로 부를 수 있다는 뜻이다. 가령 사계절 중에 봄을 표현한 시가 많다면 시인의 관심은 그런 현상을 경험하면서 산다는 증거가 될 수 있다. 또는 실향민 혹은 어부의 경험이 있으면 자연스레 바다의 시를 많이 쓸 수 있는 일을 대입하면 쉽게 이해할 수 있을 것이다.
　사계절의 시작은 봄으로 전개한다. 이런 관습은 겨울을 지나 세상의 문이 열리는 상징을 가질 때 봄은 생동감의 이름으로 다가든다. 신복록의 시조 전체를 살펴보면 시조 소재들에서 자연 표상의 봄의 정서가 많이 등장한다. 이는 그의 삶에 대한 성찰과 깨달음을 의미할 수도 있다. 모두 100편의 시조 중에 20%를 수용하고 있다.

　　봄날에 여린 새싹

살포시 돌아올라
긴 장마 태풍에도
꿋꿋이 견뎌내고
바람의 초록 치마를
남실남실 흔든다

가녀린 넝쿨 줄기
하늘만 바라보며
누구를 만나려고
쉼 없이 오르는지
한 마리 희망 새되어
비상하길 꿈꾼다
— 시조 「비상(飛翔)」 전문

 새싹은 결실을 맛보기 위해서는 인내와 기다림의 시간을 가져야 한다. 굳은 땅속에서 자연의 신비한 에너지를 받아 땅 위로 쑥쑥 솟아오르기 위해서 새싹은 온갖 힘을 다 모아 이른 봄을 맞이한다. 어린 싹은 '긴 장마 태풍'이라는 이런 아픔과 고통을 지불하고 하늘로 높이 솟아올라 한 마리 희망 새가 되는 것이다. 항상 이같이 역경을 지불하고 난 뒤에 기쁨으로 찾아오는 봄은 우리에게 역동적인 교훈을 전달한다. 이 감동은 자연현상이지만 삶의 의지로 땅을 뚫고 하늘로 올라가는 것—의지의 현상으로 객관적으로 바라볼 수 있다. 결국 '긴 장마와 태풍'의 훼방에서 아픔을 느끼면서도 맞이하는 봄맞이는 새싹에게 희망을 꿈꾸는 통과의례의 문이 되는 것이다. 고통을 지불하고 비로소 희망의 기쁨을 맞이한다는 새로운 이치를 전달하기 때문이다.

명자꽃 명자나무
가을날 너와 인연
고운 꽃 만났건만
무엇이 그리 급해
여린 잎 삐죽 내밀고
돋아나려 하느냐

봄이란 이름 하나
아직은 착각이야
차가운 꽃샘추위
떠나지 않았단다
조금 더 늦게 핀다고
그 누가 뭐랄까

우수도 아직이고
겨울이 앙탈 대니
작은 잎 꽃나무야
조금 더 참고 있다
훈풍이 불어올 때면
붉은 꽃들 피어라
— 시조 「명자나무」 전문

생명이 살아나는 봄은 어디에서 오는 것일까? 겨울을 보내고 봄은 다가오지만 꽃샘추위가 매서운 법이다. 들판은 아직도 겨울이 펼쳐졌기 때문에 '이른 봄'의 신기함을 훈풍의 봄바람이 일깨워준다. 그러나 이미 빗장을 푼 바람의 미소는 세상을 더욱 재촉하는 봄기운에 취할 때 온실의 따스함은 명자나무꽃들의 웃음 천지를 제공한다. 다만 그 삶은 기다림이 필요하다. 꽃이 늦게 피어도 붉은 꽃은 피어나기 때문이다.

> 한적한 산사에는
> 화사한 고운 꽃등
> 저 멀리 찾아오는
> 새싹들 맞이하려
> 붉은 등 환히 밝히고
> 오는 봄을 반기네
>
> 오백 년 느티나무
> 헐벗어 쓸쓸하니
> 봄날이 찾아들어
> 푸른 잎 파룻파룻
> 산새들 쉬어가라며
> 보금자리 내준다
> － 시조 「느티나무」 전문

희망이라는 행복을 만나는 것은 더욱 화려하다. 자신

이 먼저 '꽃등'이 되어 봄을 만나는 기쁨을 재촉한다. 그 마음은 시인의 정신 속에 담긴 약동의 에너지다. 오백 년 수령의 느티나무에 새싹으로부터 꽃봉오리와 꽃술의 피어날 때면 자신의 보금자리를 나눈다. '나눔'은 천상의 소식으로 승화한다. 시인은 다른 사람보다 먼저 봄을 향유(享有)하고 나누는 행복을 봄의 이미지에 담은 것이다. 시인은 봄이 오면 들썩이는 몸과 정신의 춤을 나눔이란 준비로 참새처럼 재잘거리는 형상이 된다.

> 햇살이 따사로운
> 뜨락의 담장 위에
> 한 마리 또한 마리
> 참새 떼 날아들어
> 봄바람 속삭임 속에
> 재잘재잘 떠든다
>
> 개나리 한두 송이
> 수줍게 피어나니
> 꽃들의 싱그러움
> 저리도 신이 날까
> 봄봄봄 짹짹거리며
> 제 세상을 만났네
> — 시조 「참새의 봄날」 전문

'바람났다'는 말이 있다. 한시도 머물지 못하고 이리저

리 혹은 저리 이리로 종잡을 수 없는 행동을 할 때 그
런 이미지는 성립된다. 신복록의 시조에는 참새의 재잘
거림이나 꽃들의 싱그러움으로 표현할 수 있다.

찾아온 봄바람은
나무의 가지마다
흔적을 남겼는지
움 틔워 몽글몽글
작은 뿔 돋아 오르며
꽃 피우려 하누나

얕은 산 작은 폭포
두꺼운 얼음 옷이
봄볕에 녹아들며
눈물을 주룩주룩
청량한 맑은 물소리
봄노래를 부른다

양지쪽 들꽃들도
수줍게 방긋대니
이 멋진 자연 속의
풋풋한 풍경들을
호젓한 오솔길에서
내 마음에 담는다
– 시조 「산길에서」에서

'청량한 맑은 물소리가 봄노래를 불러요'처럼 신명이 난다. 우리말에 신명(神明)이라는 말은 아주 유쾌해서 저절로 일어나는 흥과 멋을 말한다. 신들린 이유를 논리로 설명할 수 없을 때 무아지경(無我之境), 바로 마음이 어느 한 곳으로 온통 쏠려 자신의 존재를 있는 경지에 이르게 되는 것이다. 시인은 무아경(無我境)을 방문할 때 비로소 시의 신과 만나는 일이 성립된다. 참새, 폭포, 들꽃들의 행동은 곧 시인의 정신에 봄의 신이 들어와 춤을 대신 추는 이치와 같다.

산과 들 뜨락에는
연둣빛 푸릇푸릇
골목길 담장에는
움 틔운 꽃봉오리
봄날은 분주하구나
피울 꽃이 많아서

새들도 짝을 만나
사랑을 속삭이고
상큼한 봄바람에
꽃내음 그윽하니
화사한 축제가 되어
꽃동산을 수놓네
– 시조 「봄날은」 전문

신복록 시인은 왜, 봄의 시가 많을까? 또 신명을 불러오는 신바람은 어디에서 오는 것일까? 여기엔 신복록 시인은 강원도와 경기도 등의 자연에서 생활하는 자신만의 서정성과 따뜻한 정서로 설명할 일이다.

2) 부모님과 가족에 대한 그리움

시인은 시와 더불어 희로애락을 동반하는 삶을 살아갈 때 일정한 정서의 감흥이 나타난다. 다시 말해서 살아 있는 자만이 시를 쓸 수 있다. 또한 시와 함께 일생을 동반할 때 그 존재의 감흥이 일어나는 것이다. 그렇다면 인간은 어떻게 살아가야 하는 것일까? 이 대답은 저마다 다른 개성으로 실현된다. 왜냐하면, 살아가는 일에 정해진 답이 없기 때문이다. 또 각기 살아가는 방식과 가치관이 마치 지문처럼 모두 다르다.

또한 행복에 대한 신념과 가치관도 역시 다르다. 그래서 시인마다 지닌 다양한 개성과 표정을 인정하는 일은 곧 자기 삶을 살아가는 사람들의 몫이다. 어떤 사람은 평탄하게 일생을 살아가는 사람도 있고 다양한 아픔을 감내하면서 살아가는 사람도 있다. 사실 전자보다는 후자에게 경험의 원숙성과 지혜를 발굴하는 일이 우선한다. 이는 고통은 인간을 성숙시키는 일이다. 또 생의 의미를 밝히 보는 성찰의 안목을 가진 사람이 된다.

신복록의 시조에서 「인사」처럼 부모님을 그리워하는 시 「아버지의 고향」, 「술 한 잔」, 「싸리나무 빗자루」 등을 통해 유년 시절에 대한 그리움과 추억의 이야기가 담겨있다.

설렘의 기쁨 안고
고향길 찾아드니
동해의 푸른 파도
밀려와 반겨주네
비릿한 바다 내음은
아버지의 향기네

외롭고 쓸쓸할 때
울면서 찾던 곳이
희망 글 심었더니
웃음꽃 피어나네
아버지 푸근한 얼굴
그리움이 젖는다
- 시 「인사」전문

신 시인의 시조 표제어는 '부모와 가족에 대한 그리움'이 아닐까 한다. 시인의 아버지는 북쪽이 고향인 실향민이다. 그리고 가족과 형제들을 세상에서 떠나보내기도 했다. 그래서 아버지께서 가보지 못한 그 고향에 꼭 가고 싶은 그리움이 시에 절절하게 담겨있다.

비바람 맞아가며
긴 세월 기다렸네
철마는 북쪽으로
달리고 싶은 마음
그 누가 가로 막았나
덩그러니 서 있다

철조망 녹슨 철길
그 언제 사라지나
뻥 뚫린 평양 길을
꼭 한번 가고 싶네
내 생의 아버지 고향
언제 한번 가려나

두고 온 부모 형제
그리워 한숨짓고
명절날 술잔 속에
눈물로 지낸 세월
생이별 북녘 가족들
한이 맺힌 실향민
― 시조 「아버지의 고향」 전문

　표제시 「그리움을 안고 산다」에서 그리움이 바탕색이
고 삶의 궤적이 깊이 잔뿌리를 내려 모진 비바람을 이
겨내고 있다. 한평생 살아가는 과정이 자연의 모습과
다를 것이 없다. 마음과 영혼에 물든 그리움으로 기다

림의 여백으로 시에 담아내고 있다.

> 오신다던 우리 엄마
> 안 오시네. 안 오시네
>
> 밝디밝은 보름달에
> 귀뚜라미 슬피 우는
> 신작로길 정류장에
> 온종일 기다려도
>
> 달력에다 동그라미
> 서른 번을 그렸는데
> 안 오시네. 안 오셨네
>
> 어린 시절 기다림이
> 반백이 넘은 세월에
> 지금도 울컥해지며
> 가슴 속이 아프다
>
> 잊지 못할 기다림에
> 그리움을 안고 산다
> – 시 「그리움을 안고 산다」 전문

현재의 실상과 시간과 정서의 원류를 따라가 보면 그리움의 정서를 형상화한 시법은 한 폭의 추억을 감상하는 듯하다. 그 정경이 그의 내면세계에서 분출되어 정형 미학으로 펼쳐짐을 볼 수 있다. 어쩌면 현재의 시간과 미래의 시간에서도 그리움은 영원성의 이미지를 담고 있는지도 모른다.

어둠이 내려앉은
해변의 백사장에
파도는 일렁이며
가슴속 파고들어
외로움 끌어안으니
젖어든다 슬픔이

쓸쓸히 혼자 찾은
아버지 기일 날에
먼저 간 형제들이
야속해 한숨짓네
조촐한 아버지 술상
술 한 잔을 올려요

오시여 잠시 쉬며
목마름 축이세요
든든히 잡수시고
꽃마차 타셔야죠
아버지 너무 그리워
속 울음을 삼킨다
– 시조 「술 한 잔」전문

부모가 없고 가족이 없는 외로운 생활을 다룬 시조 「술 한 잔」을 살펴보자. 신복록 시인의 철학은 심오한 것보다는 일상적인 것도 있음을 알 수 있다. 가장 합리적인 은유의 깊이를 다룬다는 의미다.

다음의 시조 「북한강」을 살펴보자.

처량한 가을바람
얼굴에 스쳐 가니
아침의 강변길은
맑고도 상큼하네
물안개 피어오르며
너울너울 춤춘다

하늘에 철새들은
여행길 떠나가고
이슬에 반짝이는
들꽃의 고운 자태
북한강 가을풍경이
한 폭 그림 수놓네
– 시조 「북한강」 전문

시는 비유와 상징이다. 그리고 은유의 의상을 입을 때 상상의 숲은 푸르고 깊은 의미로 다가선다. 신 시인은 이런 정서를 능숙하게 그림으로 그려내고 있다. 풍경화이고 채색의 아름다움이 화판 위에 선명을 자랑한다.

아침의
산자락에
흰 구름 머무르니

호숫가
맑은 물에
가을이 내려앉아

한 폭의
고운 풍경을
덧칠하고 있구나
– 시조 「호수」 전문

　시의 무대 공간은 아침 호수다. 해가 뜨는 아름다운 모습 속에서 희망을 그리고 있는 것이다. 앞에서 거론한 것처럼 아버지와 어머니, 그리고 가족을 그리워하면서도 시인은 자연의 전원생활에서 희망을 갈망하고 찾아가는 것이다.

황금빛
눈부심이
바다에 떠오르니

파도는
몽돌들을
보듬고 밀려오네

창가의
붉은 일출이
풍경 되어 물든다
- 시조 「일출」 전문

3) 희망의 언어, 행복의 글말

인간은 편리를 항상 추구한다. 다시 말해서 자기의 합
리성을 위해 과거와 현재 그리고 미래를 동일선상에 놓
는다. 그리고 이를 구분하면서 꿈을 그리는 그림을 그
리려 한다. 여기서 과거는 오늘로 이어지고 오늘은 다
시 내일, 여기서 꿈이 등장한다. 미래를 위한 꿈은 곧
현실을 위로하거나 건너가는 다리의 임무를 수행하기
때문에 과거는 현실이고 현실은 미래라는 길이 연결된
다. 그래서 시인은 동심으로 그리운 추억을 다시금 떠
올린다.

눈 쌓인 오르막길
옛 추억 생각이 나
나이는 숫자라네
동심이 되어 간다
은박지 깔고 앉아서
두 여인은 신났다

어릴 적 한 번쯤은
즐겁게 놀던 기억
하얀 밭 설원에서
뒹굴며 장난했지
그 시절 회상해 본다
다시 못 올 그 시간
ㅡ 시조 「동심」 전문

　인간은 항상 추억을 회상한다. 산 자는 잘살기를 바라
고 또 행복이라는 신기루를 찾아 항상 배회한다. 그러
나 행복은 결코 신기루만은 아니다. 땀과 노력을 기울
이게 되면 행복은 순간으로 다가와 웃음을 전달한다.
행복은 마치 순간에 사라지는 신기루요 안개같기 때문
이다. 그의 시조 「어부의 딸」에서 행복은 어떤 의미로
등장할까?

드넓은 고향 바다
어둠이 짙어지면
고깃배 집어등을
환하게 불 밝히고
밤새워 잠과 싸우며
오징어를 잡는다

낚시를 던져놓고
물레를 빙빙 돌려
한 두름 또한 두름

만선의 기쁨 되니
동녘의 여명이 뜨면
항구 찾아 달린다

저 멀리 앞바다에
불빛을 바라보니
아버지 고기 잡던
그 시절 아련하네
아침에 항구로 나가
기다리던 어린 딸
– 시조 「어부의 딸」 전문

　그리움은 열정(熱情)이고 집중이다. 이 열정과 집중을 통해서 달성의 길이 열린다. 하찮은 것이라도 몰입하는 정신은 투사(投射)할 때라야 성취의 기쁨이 행복으로 전환한다. 신복록 시인은 대충이 아니라 진지함과 또 애정으로 섬세하게 사물을 바라보는 눈빛이 따스하다. 이는 그의 삶의 자세이고 생활의 방편이다. 그렇게 단련된 의미를 갖는다.

둘이서 함께 걷던
주전의 해변에는
몽돌의 노랫소리
지금도 그대론데
나 홀로 찾아왔구나
그 사람이 떠난 곳

파도는 일렁이며
몽돌을 잠 깨우니
쫘르르 음률 되어
귓가에 스며드네
임 없는 쓸쓸한 바다
그리움만 젖는다
- 시조 「몽돌해변」 전문

 자신의 것을 나눈 일은 애정이고 정성이다. 이러한 정성이 들어가면 나눔은 곧 행복을 전달하는 메신저의 기쁨을 맛으로 안아줄 것이기 때문이다. 작고 소소한 것을 귀하게 여기는 정신만이 행복의 진정한 가치를 알 수 있다면 '하늘 정원'은 시인이 추구하는 생활의 깊이요 건강한 삶의 표정이라는 생각이다.

깊은 산 돌고 돌아
산속의 언덕길에
마지막 자리 잡은
눈물의 하늘 정원
애달픈 가슴 달래며
이제서야 찾는다

아련한 추억 속에
그리움 스며드니
떠나간 그 사람이

잘 가라 배웅하듯
순백의 하얀 목련이
이내 마음 달랜다
- 시조 「하늘 정원」 전문

 그리움이란 대상과 대상의 사이에 남아있는 거리(距離) 때문에 안타까움이 생긴다. 인간사에서 거리가 발생하고 이 거리는 항상 서로의 관계를 이어주는 역할을 할 뿐만 아니라 사모하고 증오하고 또는 밀접도를 나타내는 이미지로 작동된다. 지우려고 해도 지워지지 않는 인연의 고리는 내면화 되어 심리적 고통으로 이어진다.
 그렇다면 '그리움'이란 서로의 관계가 잡을 수 없는 사이를 이름할 것이고 여기엔 애타는 상태의 안타까움이 존재할 것이다. 물론 인간이 그리움의 대상일 수도 있고 사물과 고향도 그리움의 이름으로 존재할 것이다.
 학창 시절의 친구를 만나는 일은 추억이 새롭게 일렁일 것이다. 고향을 떠나 제각각 사회생활을 하면서 일정한 거리에 서로를 생각하는 마음에는 항상 추억의 이름들이 마음을 붙잡고 떠나지 않을 것이기에 애절함으로 상상의 길을 넓힌다.
 '어부의 딸'로 살던 소녀의 추억은 그리움이다. 이런 추억들이 다가오는 추상에서는 그리움으로 채색된다. 그리움이 파도로 밀려오고 돌아갈 수 없는 거리에서 세월의 간격은 더욱 밀도를 높이는 정서를 애타게 불러온다. 시인은 그리움으로 마음 복판에서 떠날 수 없는 정감이 노래로 드러날 때 삶의 끈끈한 심정이 숙연함으로 표현된다. 이런 그리움은 시간을 거슬러 애달픈 노래의 가락으로 떠나지 못하는 여운의 시심을 붙잡고 있는 셈이다. 여기서 신복록 시인의 따스함이 묻어있다. 그 추억을 마음에 간직한 정감이 포근하다.

　　　빗소리 주룩주룩
　　　산골에 내리는 날
　　　감자떡 조물조물
　　　송편을 빚어본다
　　　붉은빛 강낭콩 넣은
　　　쫄깃쫄깃 고향 맛

　　　여인들 도란도란
　　　웃음꽃 피어나고
　　　그 옛날 즐겨 먹던
　　　향수를 다시 찾네
　　　구수한 추억의 맛이
　　　몽실몽실 익는다
　　　- 시조 「감자떡」 전문
　　　-

　신복록 시조에 등장하는 시간과 공간은 오늘의 땅이다. 해가 뜨는 땅 위의 존재이기에 비가 오는 날에도 추억이 생성되고 방황의 일들이 쌓이면서 체험의 일들이 존재의 형태를 이끌고 가는 모습이 일상적으로 완연한 모습이다. 그러나 아무리 삶이 가파르고 삭막해도 따스함으로 사랑을 담으면 만사는 애정으로 감싸진다. 바다의 모습이 다양한 파문으로 생성된다. 아침을 일으켜 세우는 여명의 시작에서 꿈이 등장하면서 존재의 형태는 다양성의 이름을 전개될 때, 바다는 땅과 같이 모든 것이 유사함에서 그 이름이 드러난다.

　신복록은 자연 속에서 인간의 생이 순리로 엮어지는 노래를 그리움으로 내용을 삼는 지혜가 안온하다. 이는 존재의 근거가 자연 속에서 이루어지기 때문에 자연은 모태의 심상이 될 것이다. 여기서 자화상을 엮어가는 추억은 곧 자기 생의 역사로 뜻을 만들게 된다는 발상이다. 자연의 변화에 따른 풍경화는 즐거움과 아픔과 슬픔까지도 추억 속에서 생동감으로 세월을 엮어간다. 시인의 봄의 노래가 가슴속에 뛰어오르는 춤이 되는 생동의 흥겨움이 있다.

　　　얕은 산모퉁이에
　　　잔설이 남아있고
　　　찬바람 싸늘한데
　　　땅 위에 꼬물꼬물
　　　겨울을 견디어내고
　　　돋아났네 봄들이

　　　꽃다지 작은 얼굴

수줍게 피어나고
냉이는 새초롬히
하얀 꽃 간들대니
산속도 봄이 왔다며
춤사위를 벌인다
– 시조 「봄소식」 전문

3. 에필로그–시조라는 그릇에 담은 그리움

 모두 45자 내외의 기법에 자유로운 생각을 형상화 또는 표상화하는 정형시로서의 시조는 다양한 매력이 있다. 그의 시조 표현은 끝 닿은 데가 없이 자유롭게 왕래하는 정신의 발상(發想)으로 압축과 절제의 정형미가 적용되고 있다. 다시 말해서 짧은 형식의 그릇 속에 무한의 정신을 담을 수 있는 것은 시조가 갖는 독특한 특성이다.
 추억의 그리움에 삶의 표정을 의지하는 정서는 봄의 이미지에 인간사의 의미로 상징의 옷을 입는다. 그리움을 불러오는 추억들의 파편은 그가 살아온 삶의 전부이자 성찰이다. 이 모든 것들이 언어의 절제와 탄력을 긴장으로 이끄는 특성을 갖고 있다. 그런 의미에서 신복록의 시조는 정통성과 현대성을 동시에 획득하고 있다는 것이다. 그런 의미에서 신복록의 시조는 언어를 바로 세우는 정제미와 시적 이미지를 살린 그리움을 추억

하고 있다고 말하고 싶다. 다시 말해서 시조 쓰기를 통해서 초심을 잃지 않고 삶의 성찰을 통해서 행복을 빚는다고 하겠다. 그의 시조 「나의 길」을 살펴보자.

아픔이 두려워서
사랑을 보냈건만
숨겨둔 추억마저
지우지 못했구나
어느새 가슴 한편에
그리움이 스민다

세월은 아린 상처
가끔씩 들춰내며
초심을 잃을까 봐
뒤돌아보라 하니
올곧게 마음 다잡고
나의 길을 가리라
– 시조 「나의 길」 전문

시인은 아픔이 두려워서 사랑을 떠나보냈다. 그러나 그 추억을 지우지 못했다. 아린 상처를 들추면서 초심을 잃지 않기 위해 노력하고 있다. 시인의 길을 걷기 위해 올곧게 마음 다잡고 살겠다고 말한다.
다시 한번 신복록 시집 『그리움을 안고 산다』 상재를 진심으로 축하하며 그의 건승과 건강을 기원한다.

■ 글벗시선149 신복록 시집

그리움을 안고 산다

인 쇄 일 2021년 8월 20일
발 행 일 2021년 8월 20일
지 은 이 신 복 록
펴 낸 이 한 주 희
펴 낸 곳 도서출판 글벗
출판등록 2007. 10. 29(제406-2007-100호)
주   소 경기도 파주시 와석순환로 16,(야당동)
        롯데캐슬파크타운 905동 1104호
홈페이지 http://guelbut.co.kr
E-mail juhee6305@hanmail.net
전화번호 031-957-1461
팩   스 031-957-7319
가   격 15,000원
I S B N 978-89-6533-194-0 04810